Liniers
Macanudo 7. - 1a ed. 2a reimp. - Buenos Aires : Editorial Común, 2012.
90 p. ; 21x23 cm.

ISBN 978-987-24578-5-3

1. Humor Argentino. I. Título
CDD A867

A Macarena, riéndose.

"A fin de cuentas, el dibujo me ayuda a comprender mejor las cosas".

Joann Sfar

Arte de tapa: gazz.com.ar y Liniers
Dirección: Gabino Calonico, Antonio Balseiro, Santiago Melazzini y Esteban Sapir.
Dirección de fotografía: Santiago Melazzini.
Realización de arte: Andrés Martín, José Martorano, Nahuel Jacome y Marilina Martignone.
Diseño gráfico: Nahuel Jacome y Jimena Oddi.
Producción: Lula Meliche.
Extracto de *Liniers Animado* producido por Liniers, Gazz y La doble A.

Diagramación de interior: Christian Argiz

Talcahuano 768 | piso 10 | C1013AAP | Ciudad Autónoma de Buenos Aires | Argentina

Hecho el depósito que dispone la ley 11.723
Impreso en la Argentina
Printed in Argentina

www.laeditorialcomun.com

PRÓLOGO:
LEWIS TRONDHEIM

TE COMPRÉ ALGO.
UN REGALO.
¿POR SAN VALENTÍN? FALTAN UNOS DÍAS.
NO... PORQUE TE QUERIA COMPRAR ALGO NOMÁS...
NO NECESITO QUE NINGÚN SANTO ME DE PERMISO PARA REGALARTE ALGO.
Y EN LA BASE DE OPERACIONES.
PERDIMOS OTRO, SR. VALENTÍN.
CARACH

¿OLGA?
OLGA, OLGA.
OLGA
OLGA... OLGA
¿OLGA?
UF... ¡ESTÁS MONOTEMÁTICO HOY!

SOY UN PAJARITO.
CONTENTO Y BONITO.
VUELO POR LA CIUDAD
LLENA DE MALDAD
PERO NO ME IMPORTA
PUES LA VIDA ES CORTA.
Y ME PARO SOBRE UNA ESTATUA
...
NADA RIMA CON ESTATUA

PRIMERO NO CREYERON EN LA TEORÍA DE LA EVOLUCIÓN DE DARWIN.
AHORA LES DIO POR NO CREER EN
NEWTON...

HOLA.

TODOS PODEMOS TENER UN MOMENTO DE DUDA

EL DOLOR DE ESPALDA...
...VISITA SEGUIDO...
...A LOS DIBUJANTES.
MADARIAGA, ME ESTOY ACALAMBRANDO... ME VOY A LEVANTAR.
POF
UH... ¿ESTÁS BIEN?
SE VIENE EL OTOÑO
LA TEMPORADA MÁS PROPICIA PARA EL MISTERIO.

RAYA AL MEDIO
RAYA AL COSTADO.
AL OTRO COSTADO.
ESTÁ TODO HECHO.
Y AHÍ VA, TAN CONTENTO, CON SU RAYA TRANSVERSAL.

QUE BICHO ESTÚPIDO ES EL GRILLO.

SÍ, AVERIGÜÉ Y PARECE QUE NOS DIBUJÓ LA MISMA PERSONA.
POBRE...

AM/FM

SEGURAMENTE USTED, JOVEN PADRE, DE VEZ EN CUANDO NO SABE QUÉ HACER CON EL BEBITO.
RING RING RING RING RING
CON EL NOVEDOSO SISTEMA MAMELUBROJO® EL MAMELUCO CON ABROJO, TODOS SUS PROBLEMAS SON COSAS DEL PASADO...
ABROJO
CON EL MAMELUCO AJUSTADO QUEDA A LA PARED PEGADO Y TODOS CONTENTOS. ¡"MAMELUBROJO®" CIEN PORCIENTO!
MAMELUBROJO®
¡LLAME YA!

OLIVERIO
la Aceituna
PRODUCTO DE CHERNOBYL.

HACIA ADELANTE VOY... INEXORABLE. IMPULSADO POR MIS CONVICCIONES FÉRREAS.
NO ME PERMITO LA DUDA... ¡TENGO RAZÓN!
PERO, CHE... NO LLEGUÉ A NINGÚN LADO.
VAN A VER.
CON SEGURIDAD SÓLIDA.
¡JA!

"CUATRO LETRAS. HORIZONTAL. HIJA DEL ÚLTIMO ZAR DE RUSIA."
OLGA

¡AHÍ VAMOS!

A VECES LA CAPA ES MÁS MISTERIOSA.
A VECES EL SOMBRERO ES MÁS MISTERIOSO.
CERTUM EST QUIA IMPOSSIBILE EST.
YO TENGO RAZÓN.
¡NO! YO TENGO RAZÓN.
¡PERO YO TENGO MÁS RAZÓN!
¡Y YO TENGO CIEN POR CIENTO DE RAZÓN!
¡¡YO TENGO ULTRA RAZÓN!!
¡¡YO TENGO MEGA RAZÓN!!
LA RAZÓN, QUE JUSTO PASABA POR AHÍ, PIENSA...
Y ESOS DOS, ¿QUIENES SON?
A VOS TE GUSTARÁ LA LLUVIA...
PERO A MI NO ME DICE NADA.
ES MOLESTA. ES MOJADA. ES GRIS. NO, NO ME DICE NADA, NADA.
NADA...
NOP.
SI ESCUCHÁS CON ATENCIÓN...
SHHHHHHHHHHH
...TE ESTA DICIENDO QUE TE CALLES.

¿OLGA?
NO, NO HAY BAÑO PARA MONSTRUOS EN ESTE RESTAURANT. DAMAS O CABALLEROS NOMÁS...

ORIGAMI BOY
紙*
*PAPEL.
DOBL DOBL DOBL
DOBL DOBL DOBL
DOBL DOBL
ESTÁ ATRAVESANDO UN PERÍODO MINIMALISTA.
家*
*CASA.

HABRÁ QUE CONSEGUIRLE UNA PELUCA.

GRAVE LA LEY DE GRAVEDAD... ¿NO?

DIJISTE QUE LOS MONSTRUOS MARINOS NO EXISTÍAN.
BUEH... LOS DUENDES TAMPOCO EXISTEN
¿QUÉ QUERÉS QUE TE DIGA?
ESTE LUGAR ES RARO.

·EL·ESPERADOR············ ES UN TIPO MUY PACIENTE.

EL ESPE-RADOR
PUF... ME CANSÉ DE ESPERAR PARADO.
LISTO, YA DESCANSÉ.

EL ESPERADOR
AHÍ VIENE.
QUÉ SUERTE.
AL FIN.
NO ERA.

EL INSTINTO ME DICE QUE TENGO QUE CAMINAR MÁS DE CIEN KILÓMETROS PARA LLEGAR AL MAR...
INSTINTO HINCHA PELOT

SPLASH
SPLOSH
KA-PLASH
ME GUSTA BAÑARME ESTILO LAVARROPA

OLGA
MARTÍN
OLGA
MARTÍN
OLGA
MARTÍN
OLGA
NO, CHE... NO LE VEO LA GRACIA...
OLGA...

CASI.
CASI.
CA... SI...
SE HIZO TARDE... PERO MAÑANA AGARRO UN CACHO DE NUBE SEGURO...

NADIE HABLA DE...
¡AUXILIO!... MI CASA... ¡¡¡SE INCENDIA!!!
... EL PROBLEMÓN DE LAS PIPAS CON POLTERGEIST.
NADIE HABLA DE...
¡ANDÁ A HACER TUS JIRAFAS A OTRO LADO!
SI VOLVÉS POR ACÁ VA A SER EL ÚLTIMO PERRITO CANICHE QUE HAGAS.
¡LA PRÓXIMA TE PINCHO A VOS!
... LA PELIGROSA MAFIA DE LOS PAYASOS GLOBÓLOGOS.
NADIE HABLA DE...
... EL TRÁFICO ILEGAL DE ELEFANTES EN EZEIZA.

¡UN COMETA!
¿DÓNDE CAERÁ?
¡¿DÓNDE?!
UN MISTERIO

HOY ESTOY COMO UN BRONCO Y TAMBIÉN UN POCO RONCO. TENGO GANAS DE PATEAR UN TRONCO
¡YEAH!
PONC
SI NO ENTIENDE ESTE CHISTE NO SE PREOCUPE... ES SÓLO PARA TROGLODITAS

3% MISTERIOSO
8% MISTERIOSO
1% MISTERIOSO
10% MISTERIOSO
110% MISTERIOSO

BIGOTE.
¿NUNCA VISTE UN BIGOTE?
¡UN BIGOTE!

ESTOY CON ANTOJO DE MERENGUE...

HOY: LOS PELOS DE RUBINSTEIN.
¡OLA!
¡BRAVO!
¡BUENA!
¡ESA!
¡OTRA!

Conceptual Incomprensible
#37
¿UN ENJAMBRE?
¿UNA JAURÍA?
LOS PERROS ABEJA ATACAN UN DÍA.

Y... ¿QUÉ QUERÉS?... TALAN Y TALAN Y SIGUEN TALANDO...

¿Y ESO?
¿QUÉ ES ESO?
CUANDO ERA CHICO MI ABUELO ME DIBUJABA UN PERSONAJE MUY BIZARRO. UN PÁJARO MISTERIOSO QUE SE LLAMABA...
KAKOY.

¿DÓNDE VIVÍS KAKOY?
EN LAS NUBES.
¿TENÉS APELLIDO?
NO.
¿PODÉS VOLAR?
NO SÉ.
A VER...
SÍ.

¿VAS A VOLVER A ESTA TIRA?
A LO MEJOR.
BUENO KAKOY, FUE UN GUSTO VOLVER A VERTE.
SÍ.
SI LO VES A MI ABUELO MANDALE SALUDOS. DECILE QUE LO EXTRAÑAMOS POR ACÁ.
LE DIGO...

HOT:
STEBAN STENCIL
¡EY FUERA DE AHÍ! ¡POLICÍA!
¡SE DA CUENTA, OFICIAL!
ES INCREÍBLE COMO AFEAN LA CIUDAD.

"FIN"
¿QUERÉS QUE TE LO CUENTE?

HOY ~ EL PELO DE RUBINSTEIN
YEAH
SE TE ZARPÓ UNO... RUBINSTEIN.

ZZZZZZZZZZZ
ZZZZZZZ
MADRE, SE ME ARRUINÓ ESTE LIBRO... ¿ME LO COMPRÁS DE NUEVO?
¡AY, ENRIQUETA! ¿QUÉ LIBRO ES?
"20 000 LEGUAS DE VIAJE SUBMARINO"

Little OLIVERIO in Slumberland

DEBO SER LA ÚNICA PERSONA CON IMAGINACIÓN IMPUNTUAL
UF... OL... UF, UF... OLGA...

UN ESFUERZO MÁS Y SE ZAFA DE SUS COMPLEJOS... YA, CASI...

HOY EL ERMITAÑO DE LA MONTAÑA
SÍ... VIVÍ EN PAREJA.
VARIOS AÑOS.
PERO... ESAS COSAS DE LA VIDA ¿VISTE?
TERMINÉ ACÁ.
¿Y VOS, LUNA?
¿SOLITA?

SIEMPRE SE PUEDE AGREGAR UNA PIZCA MÁS DE MISTERIO

ESTÁ BURLÁNDOSE DE MÍ.

CON RAZÓN, A VECES, EL LARGO BRAZO DE LA LEY NO ANDA MUY BIEN.

HOY LORENZO Y TERESITA
NO EXISTEN LAS PALABRAS PARA EXPRESAR LO QUE SIENTO POR VOS.

DE NUEVO: LORENZO Y TERESITA.
ENTONCES, COMO NO EXISTEN LAS PALABRAS PARA EXPRESARME LO QUE SENTÍS ¿NO VAS A DECIR NADA?
BLIRINFO BLAGORPA NOP PINGUSIÓN FARPITI GLIBA.

IBA A PASAR:
EL TIPO DE LAS PUBLICIDADES DE JABÓN EN POLVO ENLOQUECIÓ.
¡CON "FLIP ULTRA®" VAN A QUEDAR MÁS BLANCAS QUE NUNCA!
¡LAS METEMOS EN EL LAVARROPAS UN RATO! ¡Y LISTO! ¡EN UN LAVARROPAS BLANCO! ¡¡BLANCO!!
FLIP

IBA A PASAR:
UN POLÍTICO CORRUPTO SIENTE, FINALMENTE, QUE YA ROBÓ TODO LO QUE NECESITABA.
NO, GRACIAS...
GUSTO PERO ME PRIVO.

MISTERIOSO
HOLA
OH

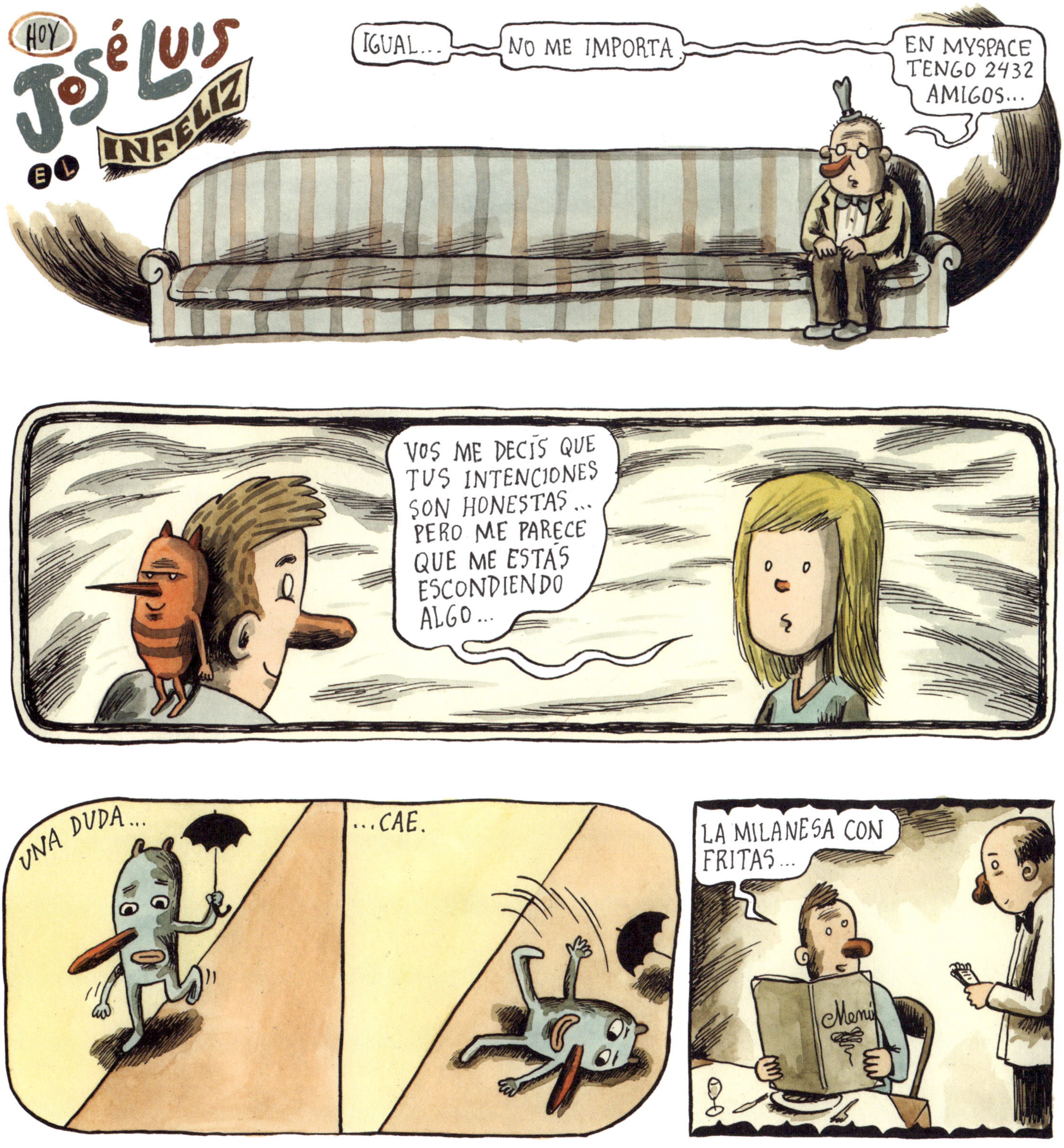
HOY
JOSÉ LUIS
EL INFELIZ
IGUAL...
NO ME IMPORTA
EN MYSPACE TENGO 2432 AMIGOS...
VOS ME DECÍS QUE TUS INTENCIONES SON HONESTAS... PERO ME PARECE QUE ME ESTÁS ESCONDIENDO ALGO...
UNA DUDA...
...CAE.
LA MILANESA CON FRITAS...
Menú

LOS DIS-CUTIDO-RES
GRITAN FUERTE...
...SIN DECIR...
...NADA.
ESPEREMOS QUE ALGÚN DÍA LA CORTEN.

ENRIQUETA... SIEMPRE QUISE SABER...
¿TIENE GUSTO A ENSA-LADA EL PASTO?

EL ESPE-RADOR
¿A QUIÉN ESPERÁS?
LE PRESTÉ UN LIBRO A ALGUIEN Y ESTOY ESPERANDO A QUE ME LO DEVUELVA.
SEGUÍ ESPERANDO, ESPERADOR...

AHÍ VA ALFIO ALFIO, LA BOLA TROGLODITA
NUNCA TIENE CAMBIO CAMBIO
TAXI
LA BOLA TROGLO DITA.
FUE A LA BASE MARAMBIO MARAMBIO
LA BOLA TRO-GLO-DITA
SU NOMBRE ES ALFIO ALFIO ALFIOOOOOOOOO
YEAH
PEDÍ EL LONGPLAY

SOÑÉ QUE SOÑABA QUE SOÑABA QUE PASEABA EN UN BOSQUE CON VOS.
ENTONCES, A LO MEJOR, AHORA SÓLO SOMOS EL SUEÑO DE UN SUEÑO DE UN SUEÑO.
¿CÓMO SABÉS QUE NO SOMOS ESO SIEMPRE?
CALLATE... LOS BOSQUES ME DAN MIEDO.

SIGLO XXI... ¡LAS BRUJAS YA NO VUELAN EN ESCOBAS, J.K.ROWLING!

MIRÁ ESA NUBE.
LA NATURALEZA... ¡QUÉ OBRA MAESTRA!
HOY VAS A ESTAR INSOPORTABLE ¿NO?

Conceptual Incomprensible
#40
SALTAN DE TERRAZA EN TERRAZA
ASÍ RECORREN LA CIUDAD
APARECIERON EN UNA PLAZA
BAJO UNA ESTATUA DE CALIDAD.

AHÍ COMO LO VEN, ESTE MUCHACHO ESTÁ TERMINANDO DE ESCRIBIR LA CANCIÓN DE AMOR NÚMERO 10 000 000
TUS OJOS
ASÍ ES... NADIE LO SABE PERO YA SE HAN ESCRITO 10 000 000 DE ESTAS CANCIONES.
BRILLAAAN
CON LA LUUUUUUZ DEL AMANECER DE MI AMOOOOR
NO ES SU CULPA SI NO ES MUY ORIGINAL

OLIVERIO
La Aceituna

DESDE QUE SALGO A LA CALLE CON UN COCHECITO NOTÉ ALGO...
LOS AUTOS RESPETAN LAS SENDAS PEATONALES, CEDEN EL PASO A LOS PEATONES EN LAS ESQUINAS.
LOS AUTOMOVILISTAS, TAXISTAS, MOTOQUEROS, COLECTIVEROS ET AL MANEJAN CON MÁS DECENCIA SI VEN UN COCHECITO
PROPOSICIÓN PARA PROGRAMA DE SEGURIDAD VIAL:
"COCHECITOS PARA TODO EL MUNDO"
NO MÁS CARTERAS
COMPRAS DEL SUPERMERCADO
PORTA SKATE

¿EL RÍO MÁS LARGO DE EUROPA?... SÍ... ¿CÓMO ERA?... ¿VO...? ¡PUCHA! YO LO ESTUDIÉ... ERA EL V... V... VVVV...
...OOOOOLGA

LO QUE HAY ABAJO DE LOS SOMBREROS
UNA IDEA
OTRA IDEA
DOS IDEAS BAILANDO
UNA CONCLUSIÓN

EXPLICACIONES PARA VIVIR
HOY: "COMO PARARSE"
¡EY!...¿ADÓNDE VA? ¡"COMO VOLAR" ES LA SEMANA QUE VIENE!

EXPLICACIONES PARA VIVIR
HOY: "CÓMO COMER SPAGHETTI"
SSGHSSFFGHSSSSFGGSFFSSSHGGSSSFGGGHFSSFSHGGHSHHGFS
AUNQUE... COMER UN PLATO ENTERO ASÍ SÓLO FUNCIONA EN LAS HISTORIETAS Y EN LOS DIBUJITOS ANIMADOS

EXPLICACIONES PARA VIVIR
HOY: "CÓMO MIRAR CON INTENSIDAD."
¿LA SINTIERON?... ¿SINTIERON ESA INTENSIDAD?

OLGA... ME PARECE QUE HAY UN MONSTRUO ABAJO DE LA CAMA...
GGRRRRRRR
¡OLGA!
¿RAMÓN?
¿OLGA?
¡RAMÓN! ¡RAMÓN!
¡OLGA!
RAMÓN RAMÓN
OLGA, OLGA
¿RAMÓN?
OLGA
¡RAMÓN!
¿SOS AMIGO DEL MONSTRUO QUE VIVE ABAJO DE MI CAMA, OLGA?
OLGA
¿Y TU AMIGO SE LLAMAAA...?
RAMÓN.
QUÉ BUENO CONOCERTE, RAMÓN...
AHORA NO VOY A TENER MÁS MIEDO, PORQUE YA SÉ QUIÉN VIVE DE MÍ CAMA.
RAMÓN RAMÓN
BUEH... ME VOY A DORMIR.
'TA LUEGO, AMIGOS.
RAMÓN
OLGA
ROBERTO ROBERTO ROBERTO
¿FIDEL? ¿FIDEL?
¡ALFONSO, ALFONSO!
ANA ANA ANA
GÓMEZ, GÓMEZ.
¡JACINTO!
¿CACO?
JAIME JAIME

CUANDO SE DESPERTO, EL SUEÑO QUE HABÍA TENIDO...
... SEGUÍA AHÍ.
Y DESPUÉS DE UN RATITO...
... SE FUE.
¿ADÓNDE SE FUE?

PENSÉ QUE HABÍAS DICHO ALGO...

¿A QUÉ GIMNASIO VAS?

ME LA DISEÑÓ FRANK GEHRY.

FLOTANDO SOBRE LA CIUDAD.
ENTRE LAS COPAS DE LOS ÁRBOLES.
¿LO LLEVA EL VIENTO?
¿ADÓNDE VA?
TODO LO QUE PASA EN ESTE MUNDO...
...QUÉ MISTERIOSO.
POF

HOY... MUCHOS SEÑORES EN BOTECITOS
B-5
¡AAAAH!

BLORGUI FLORGUIII BLORGUI CHOOR CHUNGA CHUUN CHUN
BLORPITI FLORPITI FUN BRRRRRRRRINGA
MALENA CANTA EL TANGO COMO NINGUNA

PUEDE PASAR... HOY PUEDE PASAR..., EN SERIO, CREO QUE HOY VA A PASAR...
UNOS BICHOS RAROS PERSIGUEN AL OPTIMISTA, PERO NO LO ALCANZAN.
ES IMPOSIBLE.
NI TRATES, ES INÚTIL
NO
RIDÍCULO

HOY: LA VACA CINÉFILA
EN LAS PELÍCULAS, UN ATAQUE DE PÁNICO SE RESUELVE CON UNA CACHETADA.
CUANDO ECHAN A ALGUIEN DE SU TRABAJO SIEMPRE SE VA CON UNA CAJA CON SUS COSAS Y UN MACETA CON UNA PLANTA.
SI UN GRUPO DE PERSONAS RECIBE UN MENSAJE EN MORSE, ALGUNO DEL GRUPO PUEDE DECODIFICARLO.
EN LAS PELÍCULAS VIEJAS, SI A ALGUIEN LE PEGABAN UNA TROMPADA...
LE SANGRABA LA COMISURA DE LA BOCA.
AHORA NO PASA TANTO

ES DIVERTIDO, OLGA... PROBÁ.
AGLO

HOY- COSAS QUE, A LO MEJOR, LE PASARON A PICASSO.
AÑO 1901
¿USTED NO SABE QUIÉN SOY YO?
SOY... Picasso
¿QUIÉN?
¿CUÁNTO VA A TARDAR LA HUMANIDAD EN DARSE CUENTA DE QUE YO SOY YO?

DESPACITO... DESPACITO... NO HAGAS NINGÚN MOVIMIENTO BRUSCO, RUBÉN.

3064, 3065, 3066...
JUGAR A LAS ESCONDIDAS EN LA ANTÁRTIDA TOMA MÁS TIEMPO.

A LAS 3 A.M., EN ANIMAL PLANET, DIERON UN DOCUMENTAL SOBRE TIGRES.

¡QUE FEO SOMBRERO!
NO SON HORAS DE LLEGAR
NI SE TE OCURRA AGARRAR EL CONTROL REMOTO.
¿HABLASTE DEL AUMENTO CON TU JEFE?
HACEME UNA TOSTADA.
ERA UN ESCLAVO DE SU PROPIA CONCIENCIA.

ESTO TODAVÍA NO PASÓ
UN DÍA EL PREJUICIO AGARRÓ SUS COSAS Y SE FUE DE LA CIUDAD.
TODOS SE MIRARON SIN MALDAD.
Y MUCHOS SE HICIERON AMIGOS ESE DÍA...
...Y NI SIQUIERA ERA EL DÍA DEL AMIGO

ALEJANDRO ESCAFANDRO, EL AMIGO DE LA FAUNA MARINA
HOLA SEÑOR PULPO... LE TEJÍ ESTE SWEATER.
¡GRACIAS ALEJANDRO ESCAFANDRO!
AHORA DEJEN DE ROMPER CON LOS DERRAMES DE PETROLEO

El fin de ABURRIRSE
ESTAR ABURRIDO TE SALE MUY BIEN.
GRACIAS

LEÍ TODOS LOS LIBROS QUE ME DIJISTE...
¿CONTENTA?

RE PSICODÉLICO, MAN...

NADIE HABLA DE...
...LA TEMPORADA DE ESQUÍ PARA PIOJOS.

EL MASCULINO FUE DERIVADO AL NOSOCOMIO TRAS SER CONTUSIONADO POR UN MALVIVIENTE CON UN OBJETO CONTUNDENTE EN LA REGIÓN OCCIPITAL.
NUNCA ENTIENDO LO QUE DIGO...

LOS PADRES DE MOBY DICK ESTABAN PREOCUPADOS...
¿NO TE PODÍAS HACER UN TATUAJE COMO TODO EL MUNDO?
¿SOS EMO, MOBY?

¿ESTÁS SOÑANDO VOS O ESTOY SOÑANDO YO?
ABRAMOS BIEN GRANDE LOS OJOS.
Y EL QUE SE DESPIERTE ES EL QUE SOÑABA...

ME GUSTA LA ÉPOCA DEL AÑO EN LA QUE SE TE VAN LOS FANTASMITAS
¿ADÓNDE IRÁN?
¡¡¡JÚPITER, ALLÁ VAMOS!!!

LA IMAGINACIÓN NO OCUPA ESPACIO.
PUEDE CRECER.
SIN LÍMITES.
OLGA

JOSÉ LUIS
el infeliz
UY... UNA BICICLETA.
¡HACE UN MONTÓN DE TIEMPO QUE NO PASEO EN BICICLETA!
¿¡ME OLVIDÉ COMO SE ANDA!?

Conceptual Incomprensible #44
UN DETALLE DE ELEGANCIA
PONGA UN PATO EN SU CABEZA.
ESTA DE MODA EN FRANCIA
Y EN CIUDADES FINLANDESAS.

¡AUXILIO!
ALGUIEN BUSQUE AYUD...
¡SÁLVENME!

EXPLICACIONES PARA VIVIR
HOY: "CÓMO TENER CLASE"
BOORP
EXCUSEZ MOI

JOSÉ LUIS VENÍA MEDIO DISTRAÍDO...
Y SE LLEVÓ PUESTO EL LOMO DE BURRO

EXPLICACIONES PARA VIVIR
HOY: "CÓMO SER UN PERFECTO IMBÉCIL"
EJEM.
EJEM, EJEM.
YO TE VOY A EXPLICAR COMO VIVIR...

GROOOAK
PASTA DE DIENTES, HERMANO... PASTA DE DIENTES

LA GARROCHA...
ES UN VIAJE...
DE IDA.

¿SE CAE EL MISTERIO?
TROPIEZ
EL MISTERIO NO CAE NUNCA

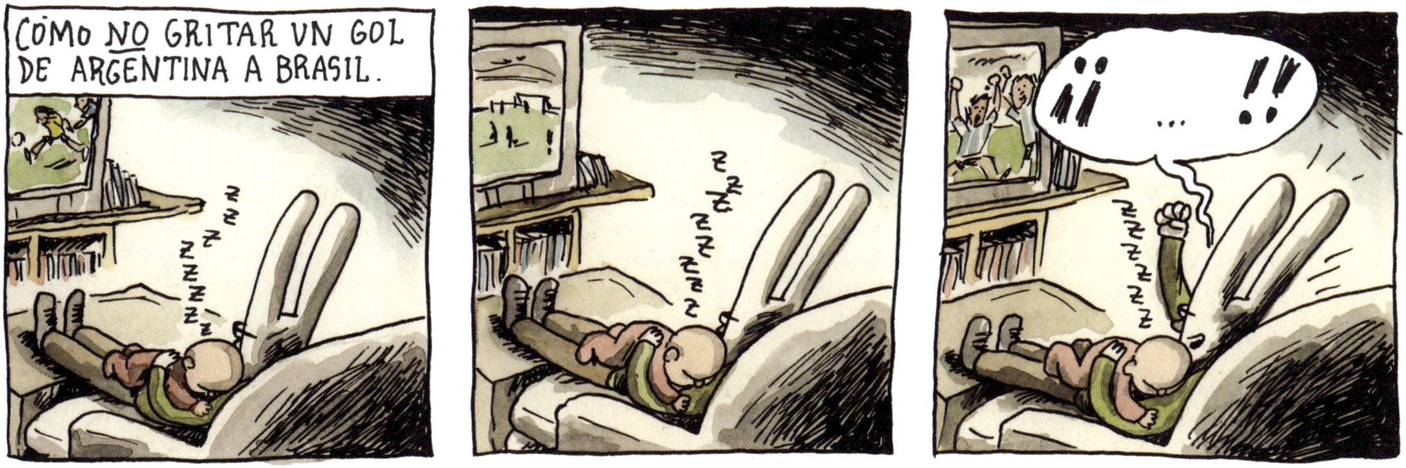
CÓMO NO GRITAR UN GOL DE ARGENTINA A BRASIL.
¡¡ ... !!

MAMÁ, ¿QUÉ ES ESTO? NO ME GUSTA
TENÉS QUE COMER TODO IGUAL...
PST... OLGA
CHOMP GRBG ÑAM CHRBG
¡NO COMISTE NADA!
OLGA
PARA PROBLEMAS REALES NO HAY SOLUCIONES IMAGINARIAS.

...AHORA VEAMOS UNA VEZ MÁS EL BAILE DEL CAÑO Y DESPUÉS SE VIENE EL STRIP DANCE.
¡ATENCIÓN, QUE ESTE ES MUY HOT!
¿QUÉ HORA ES, FELLINI?
LAS CUATRO DE LA TARDE.
¿ESTA GENTE SABRÁ QUE ESTÁMOS ACÁ?
YOU CAN LEAVE YOUR HAT ON ♫♫ ♫

ALEJANDRO ESCAFANDRO
CUANDO ESTOY MAL, SE ME NOTA...
EN ESE SENTIDO SOY RETRANSPARENTE.

ANDABA POR AHÍ...
Y SE ENCONTRÓ CON ELLA.
¡QUÉ SUERTE!
TODOS ESTAMOS FLOTANDO...

YO SÉ QUIÉN ES
SÉ SU NOMBRE, SU EDAD, SU NÚMERO DE DOCUMENTO. SÉ DÓNDE VIVE. SÉ DE QUÉ VIVE.
EL MISTERIOSO HO
DE NEGRO ES

CREO QUE ES MUY MEJORABLE SU ASPECTO.
PODEMOS ELIMINAR ALGUNAS IMPERFECCIONES EN LA PIEL. UN POCO DE COLÁGENO EN LOS LABIOS...
QUIZÁS, UNA MÍNIMA CORRECCIÓN EN LA NARIZ.
SÍ... VA A QUEDAR COMO LOS BEBES DE LAS PUBLICIDADES.
GU..
EN CUALQUIER MOMENTO...

ALGUNOS PIENSAN QUE SI LOS ATRAPÁS TE CONCEDEN UN DESEO.
EN REALIDAD TE VOLVÉS DALTÓNICO.

ALEJANDRO ESCAFANDRO

...Y ES CON HUMILDAD QUE RECIBO ESTE NOBEL DE LA PAZ POR INVENTAR...
...LA BOCINA QUE SÓLO SUENA ADENTRO DEL AUTO DE ADELANTE.

MÁS ÍMPETU,
MADARIAGA.
MÁS ÍMPETU.

WILLIAMS,
el bicho bolita
AAAAH
NO SÉ SI ES COBARDE
O MINIMALISTA.

WILLIAMS,
el bicho bolita.
EUUUGH...
¡QUÉ SUCIO TENGO
EL OMBLIGO!

PLOP
¿ESTÁ BIEN?
LO QUE PASA DESPUÉS DEL ÚLTIMO CUADRITO DE ALGUNOS CHISTES.

POC
NUNCA LA IBA A ENCONTRAR...

SIN LENGUA ¿¡NO ENTENDÉS LO QUE SIGNIFICA SIN LENGUA!?

¡SU CANCIÓN FAVORITA!
"Y.M.C.A." DE VILLAGE PEOPLE.
UN GRAN BAILARÍN...
UN POCO DISLÉXICO.
MIRÁ...
UN ELEFANTE CON CORBATA Y UN DUENDE EN LA CABEZA SOSTENIENDO UNA PALETA DE PING PONG COLOR CELESTE...
LLUVIA COMO PESTE.
¡AHÍ VIENE! ¡AHÍ VIENE! ¡¡UN PERSONAJE NUEVO!!
PAN CHUECO
DUDO QUE QUEDE...
?

LA SABIDURÍA INÚTIL DE...
PAN CHUECO
"URGENTE" DEBERÍA SER UNA PALABRA MUCHO MÁS CORTA.

¿Y VOS, DE QUÉ SIGNO SOS... PANCHUECO?
SOY DEL SIGNO DE LOS TIEMPOS.

VAS PARA ATRÁS, VAS PARA ADELANTE, PERO AL FINAL NO VAS A NINGÚN LADO.
HOY NO ESTOY PARA PROFUNDIZAR, FELLINI.
A VECES UNA HAMACA ES SÓLO UNA HAMACA.

ESTAMOS MEDIO CHANFLEADOS HOY...
¿ME AYUDA UN POCO CON EL DEDO?
DESDE ACÁ...

ACHISSSSS
HERMANO, ¡FLOR DE ESTORNUDO!

COSAS QUE, A LO MEJOR, LE PASARON A PICASSO.
1937
BOMBARDEO EN GUERNICA
NECESITO TODOS LOS ÓLEOS BLANCOS Y NEGROS QUE TENGA...
PINTURAS

CONSTRUYÓ UNA ESCALERA AL CIELO...
Y LA TIRÓ A UN POZO SIN FONDO.
Y ASÍ
PAN CHUECO
INVENTÓ EL INFINITO.

MIRA PARA OTRO LADO.
SE DA VUELTA.
ESTÁ POR MI-RAR PARA ACÁ.
NOS VA A VER...
AHORA MIRA PARA ALLÁ.

NOP... NADA PARECIDO. ME PARECE QUE LO TUYO NO ES EL DIBUJO ¿QUÉ QUERÉS QUE TE DIGA? NO LO VEO. NO LO VEO. NO LO VEO...
ES QUE NO PARÁS DE HABLAR. ME SALÍS MOVIDO.

LOS PROBLEMAS DE TOMAR DEMASIADO ENVIÓN

EL MISTERIO TIENE MUCHAS CAPAS

EXPLICACIONES PARA VIVIR
HOY: "CÓMO ENVEJECER."
TA-RAA

Conceptual Incomprensible
#50
SI TU PELO NO TIENE CUERPO, SHAMPOO NUEVO.
SI TU CUERPO NO TIENE CUERPO, SHAMPOO DE HUEVO.

OLGA
RASC
RASC
RASC
ME PARECE QUE TE CONTAGIÉ LOS PIOJOS.
OLGA...
RASC

AHÍ VA
PANCHUECO
HUELE UNA FLOR
PIENSA: ¡FLOR DE FLOR!
CHOMP
FLOWER POWER

¡PANDORA! ¡¿QUÉ HICISTE?!

LA VACA CINÉFILA
HOY... ESPECIAL TERROR.
A LOS FANTASMAS LES GUSTA APARECER ATRÁS DE LOS PROTAGONISTAS MIENTRAS ESTOS SE MIRAN EN LOS ESPEJOS
LA CHICA LINDA ES LA ÚNICA QUE TIENE POSIBILIDADES DE SOBREVIVIR
SI TE MUERDE UN ZOMBI, VAMPIRO U HOMBRE LOBO, PRIMERO LOS OJOS SE TE PONEN RAROS Y DESPUÉS TE TRANSFORMÁS EN ZOMBI, VAMPIRO U HOMBRE LOBO.
CUANDO TERMINÓ TODO, NO TERMINÓ TODO... SIEMPRE HAY UN SUSTO MÁS.

"PREOCUPACIÓN MUNDIAL POR LA CRISIS ECONÓMICA."
"EL DOW JONES VOLVIÓ A CERRAR EN BAJA"
"MARIPOSA ACARICIA RODILLA DE NIÑA."

NUNCA ME TOCA A MÍ...
HOLA
A TODOS LES TOCA

Las verdaderas aventuras de Liniers
ME INVITARON A UN PROGRAMA DE TELEVISIÓN
MIENTRAS ESPERABA A QUE ME ENTREVISTARAN, ME OFRECIERON UN CAFÉ.
GRACIAS.
NO ME HABÍA DADO CUENTA DE QUE ESTABA SENTADO AL LADO DE LOS REIDORES.
HAA HA HA JU JUUUU!!

...Y SIENTO QUE SIEMPRE ESTOY FUERA DE LUGAR.

¿QUÉ ESTÁS INVENTANDO
PAN CHUECO?
UNOS SERES MEDIO ABSURDOS.
BASTANTE INGENIOSOS, PERO MUY INGENUOS.
CON MUCHA AUTOESTIMA.
PATAD
ALGUNOS RONCAN.

Conceptual Incomprensible
#55
SUS MANOS ILUMINAN SU EXPRESIÓN...
TAN VACÍA.
DICEN QUE HACE TRABAJAR A LAS NIÑAS
DICEN QUE LAS DISFRAZA DE MODELOS.

EN LA ANTÁRTIDA
EL PINGÜINO SE PATINA.
HACE FRÍO.
EL CONEJO ESCRIBIÓ UN HAIKU. MÁS O MENOS.

ESTE DÍA SIEMPRE ME DA UNA SENSACIÓN MEDIO FELIZ, MEDIO TRISTE.
LOS DOMINGOS SON EL CHAPLIN DE LA SEMANA.

¿¡VAS A SACAR LA FOTO O QUÉ?!
CLIC
YA LA SAQUÉ... ESTABA ESPERANDO QUE PONGAS TU CARA DE GATO PSICÓPATA.

OLGA
EL TAMAÑO DE LA IMAGINACIÓN ES INFINITO.

ES IMPOSIBLE NO MENTIR.
ESTÁS HECHO UN PIBE.
MMM... MUY RICO.
¡TE QUEDA BÁRBARO!
INTERESANTE, MUY CONCEPTUAL.
NO SE SIENTAN TAN MAL...
MUY BUENOS TUS DIBUJOS LOS LEO SIEMPRE

ME PUSE A BAILAR MÚSICA ELECTRÓNICA...
...Y NO PUEDO PARAR DE REBOTAR.

Las verdaderas aventuras de Liniers
EN BRASIL CON AMIGOS
ANGIE QUERÍA COMPRAR PAN ESTILO SUECO.
PÃO SUECO
¡PÃO CHUECO!
¿PÃO SHUECO?
¡¿PAN CHUECO?!
Y FUE ASÍ QUE APARECIÓ...
PAN CHUECO

SEM CONSERVANTE
PINHEIRENSE
PÃO TIPO SUECO
PESO LIQUIDO 180g

1843 – SAMUEL MORSE DESARROLLA SU FAMOSO CÓDIGO
¡SAMUEL! ¡¿LA PODÉS CORTAR CON LOS RUIDITOS?!
MRS. MORSE

¿Y?
CORRISTE 20 METROS... PARA LA MARATÓN, TODAVÍA NO ESTÁS.

SIENTO QUE ME MIRAN DE CERCA

EN LA GRANJA DE LOS KENT, A VECES, TENÍAN QUE ATAR AL BEBITO CLARK CUANDO DORMÍA LA SIESTA.
ZZZZZZZ

RING
HOLA, SOMOS DEL BANCO PARA OFRECERLE...
RING
HOLA, SOY DE LA COMPAÑÍA DE CABLE PARA CONTARLE DE NUESTRO NUEVO...
RING
HOLA, SOMOS DE SÚ TELEFÓNICA PARA RECOMENDAR...
RING
HOLA ¿TIENE SERVIDOR DE INTERNET?...
WAAA
RING
EN ESE MOMENTO UN GERENTE DE MARKETING MÁS, ESTIPULA...
SEGURAMENTE, A NUESTROS CLIENTES, LES INTERESARÍA CONOCER ESTE NUEVO SERVICIO...
¡CLARO QUE SÍ!
¡SEGURO!
¿Y SI LOS LLAMAMOS?

HOY— EL SEÑOR QUE TRADUCE EL NOMBRE DE LAS PELÍCULAS.
"LIGHT IN AUGUST"
"OBSESIÓN PASIONAL DE AMOR EN UNA LECCIÓN DE VIDA Y EL CÓDIGO DE HONOR DE LOS HÉROES CON SED DE VENGANZA EN PERSECUCIÓN EXTREMA AL LÍMITE Y MÁS ALLÁ DE LAS REGLAS Y LA AMBICIÓN Y LA SEDUCCIÓN DEL PODER EN BUSCADEL DESTINO MORTAL TOTAL."
CLAP CLAP CLAP CLAP CLAP CLAP CLAP CLAP CLAP

WILLIAMS
el bicho bolita
AAH... ¡QUÉ MIEDO!

¿EL UNIVERSO ES MISTERIOSO O EL MISTERIO ES UNIVERSAL?

ESTÁS CAMBIADO, OSVALDO.

FIN
LA DIFERENCIA ENTRE UN BUEN LIBRO Y UN GRAN LIBRO ES QUE, UNO ESTÁS CONTENTA DE TERMINAR Y OTRO ESTÁS TRISTE.

HACE 2300 AÑOS, EN LA ISLA DE MELOS
¡ESA!...¡ESA ES LA POSTURA QUE VOY A INMORTALIZAR PARA LA HISTORIA!

LOS BONETES NOS INDICAN IR EN ESA DIRECCIÓN.
¿ADONDE NOS ESTÁN LLEVANDO?
JUSTO LO QUE SUPONÍA... NOS TRAJERON AL FUTURO.
FCHUF
SALUD.
NO SOS VOS, SOY YO...
¿SABÉS?

Conceptual Incomprensible
#61

PATO, PERRO
GATO, RANA
CABALLO, CEBRA
PÁJARO.
¡BUEN FINAL! ¿EH?

LORENZO
Y teresita
CHE, LORENZO, ¿HAY ALGO QUE ME QUIERAS DECIR?
NO... ¿POR?

¡ATAJALA, MADARIAGA!

PAN CHUECO
PARECE QUE VA A LLOVER.
AVISEN CUANDO TERMINEN.
LO QUE USTED DIGA, PAN CHUECO

RUBINSTEIN, ESTABA DE VIAJE Y SAQUÉ ESTA FOTO.
GRACIAS SEBAS -L.
¿A QUIÉN TE HACE ACORDAR?
¿NO TE HACE ACORDAR A NADIE?
A MÍ ME HACE ACORDAR A ALGUIEN.
¿A VOS NO?
¿EH?
¿EH?

SNIF
SNIF
SNIF
SNIF
SNIF
SNIF

¡UY! ¡MIRÁ, UN FAMOSO
Y SU EGO.
EN LAS REVISTAS DICE QUE ESTÁN RE-ENAMORADOS
AH... QUÉ LINDO

AYER HICE SOÑAR A UN PELADO...
CON UNA MELENA FRONDOSA.
VISTE.
AH, QUÉ BUEN TIPO SOS.

SU NOMBRE ES ALFIO, ALFIO LA BOLA TROGLODITA
NO COME APIO, APIO.
LA BOLA TROGLODITA
SU ELEMENTO QUÍMICO FAVORITO ES EL CADMIO, CADMIO.
cd
cd
cd
LA BOLA TROGLODITA
SALE EN EL DIARIO, DIARIO, LA BOLA TROGLODITAAAA
CHUUUIC

DIBUJAR SIN PENSAR...
Y DESPUÉS PENSAR ...
¿Y ESTO? ¿CÓMO HAGO UN CHISTE CON ESTO?

¡ESE! ¡ESE ES EL MÁS RIDÍCULO!

OLIVERIO
La Aceituna
!
SANDÍA $3

DESPUÉS DE CANTAR "DON'T WORRY, BE HAPPY" DURANTE VEINTE AÑOS...
PLOCH
BOBBY McFERRIN, FINALMENTE, EXPLOTA.

LA LUNA, ENAMORADA DEL POETA, BAJÓ...
SIN PREVER LO QUE OCURRIRÍA CON LAS MAREAS.
LÁSTIMA.

OLGA
¿CADA VEZ QUE SOPLA UN VIENTITO?
OL... GA

LA MENTIRA TIENE PATAS CORTAS.
PERO A LA VERDAD LE CUESTA MUCHO CONSEGUIR PANTALONES DE SU TALLE.

¡EY! ¡ESTOY EN EL MISMO LUGAR! ¡¿CÓMO PUEDE SER?! ¡¡¿QUÉ ES ESTO?!!

ENRIQUETA SUEÑA CON MADARIAGA.
Y MADARIAGA...
QUIÉN SABE...

ANTES DE SER SUPERHÉROE, PLASTICMAN QUISO SER ARQUERO...
NO DURÓ MUCHO.

¿POR QUÉ INVENTASTE LA TRISTEZA,
PANCHUECO?
¿POR QUÉ? ¿POR QUÉ?
LA FELICIDAD NO TENÍA GUSTO.

A VECES, LA TIMIDEZ, ES UNA CAJA.
UNA CAJA FUERTE

¿CONOCÉS EL CUENTO DE LA BELLA Y LA BESTIA?
¿EL GATO Y LA BESTIA?
LA BELLA Y LA BESTIA
¿EL GATO Y LA BESTIA?
LA BELLA Y LA B...
¡BESTIA!

CREO QUE TENEMOS UN INFILTRADO...

PELIGRO, MADARIAGA...
¡REACCIONÁ!

Las verdaderas aventuras de Liniers
EN UN RECITAL DE KEVIN JOHANSEN + THE NADA...
EN EL QUE MIS DIBUJOS SE PROYECTAN MIENTRAS LA BANDA TOCA...
CÁMARA
A KEVIN LE PARECE DIVERTIDO INTERCAMBIAR ROLES.
QUE VENGA LINIERS A TOCAR Y YO VOY A DIBUJAR
SÓLO SÉ "KNOCKIN' ON HEAVENS DOOR" DE DYLAN
BUEH...
AHÍ VA...
EN ALGÚN LUGAR DEL MUNDO, A BOB DYLAN LE CORRE UN FRÍO POR LA ESPALDA.
UHUHUH

Conceptual Incomprensible
#62
TODAS SUS IDEAS
SE LE ATASCAN EN LOS DIENTES
NO SON MUY IMPORTANTES
SON IDEAS SUPLENTES.

AYER, MADRE ME CANTÓ UNA CANCIÓN PARA QUE ME DUERMA.
♫ ASERRÍN, ASERRÁN ♫ LOS MADEROS DE SAN JUAN PIDEN PAN, NO LES DAN. ♫ PIDEN QUESO, LES DAN HUESO Y LES CORTAN EL PESCUEZO ♫
NO ESTOY SEGURA SI QUERÍA DORMIRME O TRAUMATIZARME DE POR VIDA.
¿PARA QUÉ QUIERE QUESO UN MADERO?

¡EH!
DISCULPÁ... ES ESTE PIBE QUE NOS DIBUJA. SE LA AGARRÓ CON MI CABEZA.
SE TOMABA UN BAÑO DE INMERSIÓN REPARADOR DESPUÉS DE UNA JORNADA EXTENUANTE CUANDO...
...ATACÓ LA 5TA FLOTA.
♪ QUE LOS CUMPLAS... ♪
♪ RO-BER-TOOO ♪
MAL DÍA PARA PEDIR DESEOS... ROBERTO REX

OLIVERIO
La Aceituna
HAPPY HOUR
6-8 PM

¿Y AHORA CÓMO SALGO DE ACÁ?

SE NOTA QUE ESTAMOS EN VACACIONES
SON LAS 11 Y 59
¡YA ESTÁ POR SER MAÑANA!
Y, ENTREMOS A MAÑANA A TODA VELOCIDAD.
CUATRO, TRES, DOS...
AAAAAAAA

¿QUÉ QUERÉS QUE TE HAGA DE COMER, MADARIAGA?
¿MILANESAS?
¿POLENTA?
¿POLLO?
¿PIZZA?
¿HUEVOS FRITOS?
¿ENSALADA?
¿CHORIPÁN?
¿ESPINACA?
¿PESCADO?
¿EMPANADAS?
¿GAZPACHO?
ESTÁS INAPETENTE HOY... ¿EH?
HACIA EL MICROCENTRO... CADA UNO CARGA CON LO QUE LE TOCA.
A VECES FLOTA.
OTRAS, TIENE LOS PIES BIEN PUESTOS SOBRE LA TIERRA, EL MISTERIOSO HOMBRE DE NEGRO.

¡¡OLA!!
OLGA
LA IMAGINACIÓN DE MARTINCITO NO SE TOMA VACACIONES.

ALEJANDRO ESCAFANDRO
¿DÓNDE ESTÁ FLIPPER CUANDO UNO LO NECESITA?

ASÍ QUE ESTO ES LO QUE HACÉS TODO EL DÍA, MADARIAGA...

ALEJANDRO ESCAFANDRO
LOS PONÉS EN AGUA HIRVIENDO DIEZ MINUT...
?
COF
COF
¿QUÉ ESTÁ PASAND... COF... COF...
¡YO TE VOY A ENSEÑAR UNA RECETA PARA HACER LANGOSTA TERMIDOR!

¿CÓMO QUE NO TENÉS HAMBRE? ¿NUNCA NO TENÉS HAMBRE?

Conceptual Incomprensible
#72
SOSTIENEN LA NARIZ CON ESFUERZO DOS ENANOS Y UN SENADOR PERVERSO.

ESTO VA A SER GENIAL.
BUEH... GENIAL, LO QUE SE DICE GENIAL...

EL ESPE-RADOR
¿NO VIENE?
PERO, CHE...
¿QUÉ HORA ES?
BUEH... MIENTRAS TANTO VOY A LEER UN RATO.
Vladimir: No Podemos.
Estragón: ¿Por qué?
Vladimir: Estamos esperando a Godot.
Estragón: ¡Ah!

COMO EMPIEZAN...
LAS OLAS.

EL PRESIDENTE DE SU CABEZA.
¡ES TIEMPO DE ACCIÓN! ¡DE DEMOSTRAR AL MUNDO QUE PODEMOS!
USTED ES LINDA.
¡ENFRENTAREMOS ESTA CRISIS CON CORAJE Y ESTOICISMO!

ACHISSS
FLAP
SALUD

¡UNA CÁSCARA DE BANANA!
¡MIREN ESTO!
A TODA VELOCIDAD,
PAN CHUECO
INVENTA LA COMEDIA.

UN MOMENTO DE DISTRACCIÓN.
UN SEGUNDO.
Y EL SATÉLITE FELLINI SURCÓ EL FIRMAMENTO.
NO QUIERO SER MALA ONDA... PERO, ME PARECE QUE ESTAMOS SIGUIENDO A UN NOVATO.
¿CONOCÉS UN BUEN TRAUMATÓLOGO?

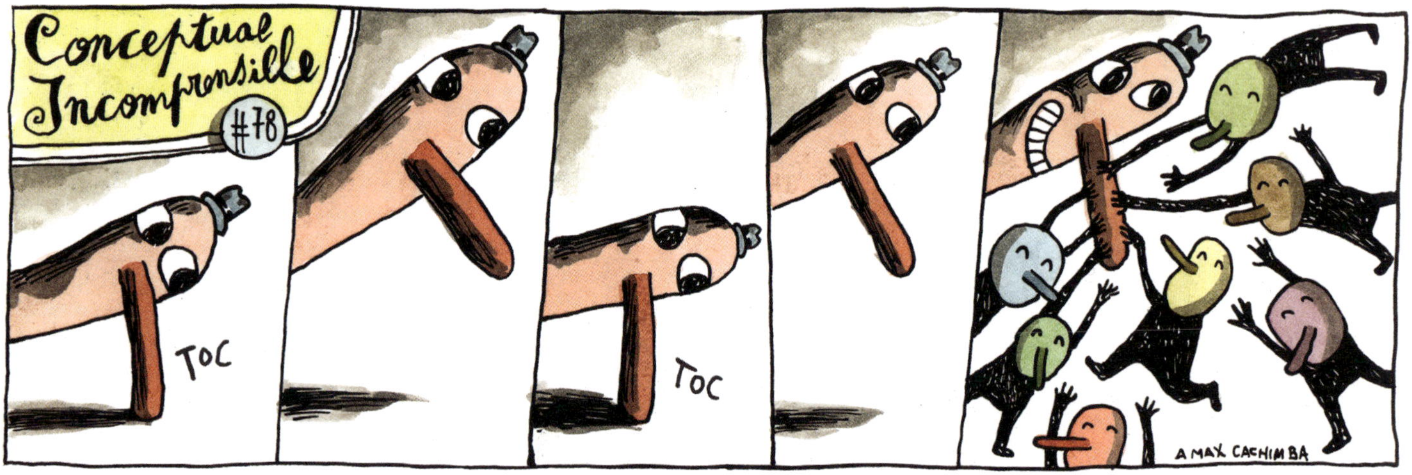
Conceptual Incomprensible
#78
TOC
TOC
A MAX CACHIMBA

LA TORMENTA AGARRÓ AL MARIDO DE MARY POPPINS.
PERO NO LO AGARRA DESPREVENIDO.

POR UN SEGUNDO, UN SEGUNDO NOMÁS, SE SINTIÓ...
EL CENTRO DEL UNIVERSO.

FREAKS
HOY: EL HOMBRE CON EL BIGOTE MÁS LARGO DEL MUNDO
Y SIGUE SIETE CUADRAS PARA CADA LADO.
CLAP
CLAP
CLAP
CLAP
FREAKS
HOY: LA MUJER TATUADA.
ESPEREN QUE LES MUESTRE...ESPEREN.
ES UN IDEOGRAMA EN CHINO ANTIGUO...
SIGNIFICA:
"TATUAJE"
CLAP
CLAP
CLAP
CLAP
¡OLGA!
¿POR QUÉ TENDRÉ UNA IMAGINACIÓN TAN PELUDA?

A VECES PASA...
UNO QUE NO QUIERE SEGUIR EL MANDATO FAMILIAR.

EJEM.
¿VISTE QUE SIEMPRE OÍS DE NUEVA ZELANDA PERO NUNCA DE VIEJA ZELANDA?
LA ZELANDA ORIGINAL, LA PRIMERA ZELANDA...
POBRES, ¿NO?
¿Y SI SE HICIESE UNA ZELANDA MÁS?
¿SERÍA NUEVA NUEVA ZELANDA?
¿CUÁNTAS ZELANDAS DEBERÍAN HABER?

OTRA VEZ ESA SENSACIÓN DE QUE LO SIGUEN...

CHAAAN CHAN KACHAN KACHAN CHAN CHAN
SOY JIMI, EL GENIO DE LA GUITARRA.
HAS TOCADO LAS NOTAS MÁGICAS. PUEDES PEDIR UN DESEO.
QUIERO CONOCER A DAVID BOWIE.
Y ENTONCES...
HOLA, DAVID BOWIE.
HELLO
PODÍA HABER PEDIDO PAZ EN EL MUNDO

FREAKS
HOY: EL HOMBRE MÁS FORZUDO DEL MUNDO-
TAMBIÉN SOY EL MÁS SENSIBLE.
MIS MÚSCULOS ESTÁN LLENOS DE LAGRIMAS.

MI
S
TE
RIO

HOP
A LOS DUENDES LES GUSTA LA SENSACIÓN DE MAREO QUE SE SIENTE AL PARARSE DE REPENTE.
HOP

"POOH" DIJO RABBIT BONDADOSAMENTE.
"NO TIENES CEREBRO."
"YA LO SÉ" DIJO POOH CON HUMILDAD
NO SÉ POR QUÉ TE GUSTA TANTO ESTE LIBRO, MADARIAGA...

Conceptual Incomprensible
#88
VUELAN MARCHA ATRÁS.
SUS RODILLAS DUELEN.
Y ATERRIZAN COMO PUEDEN.
A VECES GRITAN:
¡JAMÁS!

Las verdaderas aventuras de Liniers.
¿DÓNDE QUEDA AVENIDA DE LOS CONSTITUYENTES?
EN CONSTITUYIÓN.
EL HORROR COTIDIANO DE VIVIR CONMIGO.
JA JA JA

ALEJANDRO ESCAFANDRO
TE COMPRÉ UN PEINE.

EL POETA CAMINA DISTRAIDO.
¡CARACHO!
POINK
ESA NOCHE DEDICA UNOS VERSOS A LA LUNA
Luna, Luna, Luna. ¿Por qué no te vas un poquito a la rem

ESTUVE MIRANDO NOTICIEROS.
Y POR LO VISTO HAY ALGO QUE ESTÁ FALTANDO EN ESTE MUNDO Y GENERA CRISIS Y VIOLENCIA EN TODOS LADOS.
¿PETRÓLEO?
EMPATÍA.

Las verdaderas aventuras de Liniers
RINN
HOLA.
HOLA. LO ESTAMOS LLAMANDO DE [redacted] PARA OFRECERLE UN SERVICIO NUEVO PARA LLAMADAS DE LARGA DISTAN-CIA ¿ES USTED EL RESPONSA-BLE DE ESTA LINEA?
MATILDA, ES PARA VOS.
BAGGA GLE MUHKAA

VIDA Y OBRA DE Esteban Colberto
SU PALETA DE PING PONG.
SU AVENTURA CON KING KONG
SUS RECUERDOS DE HONG KONG.
TODO VUELVE CUANDO TOCA EL TIMBRE.
DING DONG.

ESTE FRASCO DE MERMELADA NO LO HABRE NI DARTH VADER.
HOMBRES FUERTES
MENOS FUERTES
DÉBILES.

DOS PINGÜINOS... LA ANTÁRTIDA.
VEO, VEO.
¿QUÉ VES?
UNA COSA.
¿QUÉ COSA?
MARAVILLOSA.
¿DE QUÉ COLOR?
BLANCO.
PFF... SIEMPRE LO MISMO.

VIDA Y OBRA DE Esteban Colberto
EL DESCANSO DEL HÉROE
LA MIRADA PENETRANTE
LA VELOCIDAD DE SUS IDEAS
EL TALENTO INNATO PARA LA DANZA MODERNA.
TODO ESO Y MÁS EN LA BIOGRAFÍA NO AUTORIZADA: "VIDA Y OBRA DE ESTEBAN COLBERTO"
VIDA Y OBRA DE ESTEBAN COLBERTO
POR ANÓNIMO

¿UNA VUELTA ENTERA?
SÍ.
¿EN CUÁNTOS DÍAS?
OCHENTA.
LLENAR UN SÁBADO ES BASTANTE FÁCIL.
MAÑANA TENEMOS QUE LLENAR UN DOMINGO...
POR ALGUNA RAZÓN ES MENOS FÁCIL.